MIMILA K. ROCHA

poesias

CONTRACORRENTE

Mimila K. Rocha

MIMILA K. ROCHA

poesias

SÃO PAULO
2022

CONTRACORRENTE

Alameda Itu, 852 | 1º andar |
CEP 01421 002
www.loja-editoracontracorrente.com.br
contato@editoracontracorrente.com.br

EDITORES
Camila Almeida Janela Valim
Gustavo Marinho de Carvalho
Rafael Valim
Walfrido Warde
Silvio Almeida

COORDENAÇÃO DE PROJETO: Juliana Daglio
REVISÃO: Graziela Reis
REVISÃO TÉCNICA: Amanda Dorth e Douglas Magalhães
DIAGRAMAÇÃO: Pablo Madeira
CAPA: Marina Avila
ILUSTRAÇÃO: Anderson Monteiro

EQUIPE DE APOIO
Fabiana Celli
Carla Vasconcellos
Fernando Pereira
Valéria Pucci
Regina Gomes
Nathalia Oliveira

Dados Internacionais de Catalogação na Publicação (CIP)
(Câmara Brasileira do Livro, SP, Brasil)

Silva Filho, João Antonio da
Mimila K. Rocha : poesias / João Antonio da Silva Filho ; ilustração Anderson Monteiro. -- São Paulo : Editora Contracorrente, 2022.

ISBN 978-65-5396-013-8

1. Poesia brasileira I. Monteiro, Anderson. II. Título.

22-109338 CDD-B869.1

Índices para catálogo sistemático:
1. Poesia : Literatura brasileira B869.1
Aline Graziele Benitez - Bibliotecária - CRB-1/3129

@editoracontracorrente
Editora Contracorrente
@ContraEditora

SUMÁRIO

MIMILA POR MIMILA

Certas formas de tratamento surgem no seio familiar e não carecem de explicação.

É o caso de Mimila, nascido do olhar de uma bisavó, que via naquele neto minúsculo uma pequena criatura que, apesar ter um nome, merecia ganhar uma "distinção".

Mimila não era diminutivo. Tinha o tamanho do olhar sereno e austero de quem tinha as mãos na terra, mas cujo olhar alcançava, no horizonte, as montanhas que teimavam em não aceitar a fronteira entre nortes de Minas e fins da Bahia.

E os pequenos poemas que hoje brotam, em verdade, não nasceram todos aqui. E nem são apenas poesias. São rasgos, relâmpagos, trovoadas, raios que caíram em lugares tão distintos quanto os universos do passado e as construções do presente, de campo e cidade, vazios e pertencimentos. Foram paridos pela necessidade de ser o que precisavam ser.

O pequeno ser, o ser que veio a ser, a estrada que o levou, as pontes e caminhos que transpôs fizeram Mimila ser Mimila. Qualquer explicação para sua existência, fora das poesias que ora são transformadas em palavras, ferem seu sentido de existir.

Portanto, saiba que as palavras que cortam como facas, como disse certo poeta, também podem ser o bálsamo reparador de que tanto precisamos nos dias de hoje. Deixo aqui um sentido para você, leitor e leitora, pensar, a cada palavra que servir para melhorar seu dia. Sirva-se!

Mimila K. Rocha – ou João Antonio

DONA ESCOLÁSTICA

Em 1960, quando eu cheguei neste auditório de humanos, ela já estava: elegante, sorridente, irradiando energias positivas.

Nenhuma inconsistência no seu olhar, muito menos expressões que pudessem transmitir incertezas. Não se conformava com o óbvio, insistia em superar os obstáculos que atravessavam, vez por outra, seu caminho. Em que pese sua imponência natural, não fazia questão de ser notada...

Seu conteúdo consistente já era suficiente para contagiar o ambiente. Nada de petulância: Os éticos autênticos desprezam a arrogância.

No seu dia a dia, não fazia questão de ter mais do que o necessário. Para ela, excessos e extravagâncias, mais do que indícios, eram sinais externos de desequilíbrio.

Não via nenhuma importância no azar: má sorte para ela era uma pré-concepção ajustada às mentes dos pessimistas. Sim, acreditava no "asar" como símbolo da liberdade – asas para voar para além dos limites postos pela realidade – superar obstáculos.

Não via a mansidão com o olhar dos conformados. Pelo contrário, para ela doçura, suavidade e meiguice eram estágios reflexivos e preparatórios para o impulso derradeiro dos determinados.

Sua bravura e coragem associavam-se ao processo civilizatório, ao mundo humanizado e nunca ao vencer individual. Nunca se curvava frente a poderes absolutos. Não via os diferentes, muitos menos as diferenças com desprezo, mas como estímulo à composição necessária para a vida em sociedade. É cativante e estimulante perceber sua presença perseverante juntando os filhos e netos nos tempos.

É PRECISO SABER EXISTIR

POR JOÃO ANTONIO

Quando projetamos o futuro, mesmo que quiséssemos, não conseguiríamos apagar o passado.

Aquilo que vivemos, seja para o bem ou para o mal, acaba compondo um repertório que preenche os espaços vazios deixados quando há ausência de expectativas positivas. Neste caso, o que passou, mesmo não sendo bom, se faz presente e se projeta para o futuro.

O novo briga com o velho o tempo todo e o eu fustiga o nós, e nesta disputa não há trégua; só existirá equilíbrio quando soubermos separar o principal do secundário.

Nas sociedades políticas – no sentido etimológico do termo política – um desafio premente que se coloca é: como equilibrar a individualidade própria de um querer subjetivo de homens e mulheres, com a necessidade ou, quase que uma dependência, do convívio em sociedade? Isso porque, nas sociedades de massas, o formato de convívio é, predominantemente, pactuado por regras morais e/ou normas jurídicas.

Como um rio que vive oprimido pelas suas margens, o individualismo (liberdade como sinônimo de autonomia) também acaba sufocado pelas fortes margens impostas por regras comportamentais que o comprimem.

Alguns até exageram, e em nome da supremacia dos interesses comuns, pregam o sufocamento total da individualidade. Na origem do termo, “autonomia” está relacionada com independência, liberdade e autossuficiência. Em termos filosóficos, autonomia é um conceito que determina a liberdade de indivíduo de gerir livremente a sua vida, efetuando suas próprias escolhas. É possível levar uma vida assim nos tempos contemporâneos? Viver sozinho, ou seja, numa vida essencialmente individualizada, como escreveu Bauman, é sempre um desafio:

“A individualização traz, para um número crescente de homens e mulheres, uma liberdade sem precedentes para experimentar, também traz uma tarefa sem precedentes de lidar com suas consequências.

A lacuna entre o direito à autoafirmação e à capacidade de controlar os cenários sociais que tornam tal autoafirmação exequível ou irrealista parece ser a principal contradição da ‘segunda modernidade’; uma contradição que precisaremos aprender a dominar coletivamente por meio de tentativas e erros, de reflexão crítica e experimentações corajosas”.

Motivações individualizadas impostas à sociedade – fazendo da competição entre os humanos um meio “normal” de progredir; ideologias de “raças ou gêneros superiores” e motivações econômicas como forma de controlar o Estado tem sido um mote dos liberais no exercício do poder.

Na outra ponta, a solidariedade entre homens e mulheres, a horizontalidade nas relações humanas, o amor entre as pessoas e a defesa da riqueza, fruto do trabalho humano, colocada a serviço de todos, tem caído em desuso. Está em alta a supremacia da seleção natural dos melhores. "Esperteza" como meio de ludibriar tem sido sinônimo de competência individual para justificar "o ter mais". Como cantou Caetano: "é a força da grana que ergue e destrói coisas belas..." É o capitalismo competitivo desumanizando as relações humanas.

Então, como dentro da razoabilidade, buscar um equilíbrio entre o "eu" e o "nós"? Para esse dilema não há uma única receita. O que se constata é que aqueles que conseguem estabelecer uma relação dialética – contrapondo a necessidade de reconhecerem a individualidade possível com a necessária vida harmoniosa em sociedade – alcançam parâmetros adequados para um viver em equilíbrio.

Falando de forma mais direta, a sociedade é composta de indivíduos com suas idiossincrasias e contradições que, por sua vez, juntos, formam uma coletividade. Esta, por mera necessidade, padroniza comportamentos, pactuando regras de convivência harmoniosas.

É certo que não há coletivo sem indivíduos, mas viver em sociedade foi o meio mais adequado que os indivíduos encontraram para um viver melhor. Por isso que os nossos desafios futuros serão fazer com que a harmonia supere a competição humana; o amor vença o ódio; a igualdade supere desigualdade; a paz sufoque a guerra; a solidariedade se sobreponha ao egoísmo e que a riqueza – resultado do trabalho humano – esteja ao alcance de todos.

Feliz 2022!

DESAFIOS

Vivemos em tempos difíceis!
É possível apagar o presente?
O ontem não se apresenta ao hoje com
sentimentos conservadores, nem o futuro está
pré-determinado... E os caminhos
nem sempre são retos, e nossas pegadas
são tortuosas demais.
O desalento dos que fizeram a escolha errada
se espalha como o vírus mortal, e a tonalidade
escura do esmorecimento turva
a visão dos que têm sede de justiça...
Mas há forma de aluir os momentos
indesejáveis dos caminhos que estamos
percorrendo...
Nada é para sempre.
Desabar em sentimentos
negativos não faz sentido.

A vida é a negação da morte e vice-versa...
Sim! Viver é desafiar a morte, em que pese
a certeza do fim.
E a vida não é um sopro impreciso da natureza
e muito menos obra do acaso
– é um querer deliberado.
O amanhã é dependente dos que
fizeram do mundo sua morada.
Deixe que a poesia invada sua alma,
faça da alegria o estímulo para sua
criatividade poética... Otimismo!
O desânimo dos libertários só eleva
a autoestima dos autocratas...
Tempos difíceis são tempos
de gestos afáveis,
Sempre é tempo de acreditar...
Coragem, gente, coragem!
Eles passarão!

FOCO

Mirando o futuro
é que se percebe
a velocidade do tempo.
Há pouco era ontem
e hoje já já escurece.
Uma nova aurora,
outra, mais outra...
Tudo acontecerá
no seu devido tempo?
Cuidado:
o tempo poderá
atropelar seus planos,
Insista, tempo não é obstáculo.
Foco.
Determinação.
Perseverança.

ROTINA

Hoje repeti tudo o que fiz ontem.
Já estamos no ano novo?
...Ou será que desavisadamente o novo ficou velho?
Não se aborreça, amanhã você voltará a ver o sol.

IDIOSSINCRASIA

Enxergar, perceber, sentir... fazer
Foi assim que eu pensei o mundo.
Vou fazendo, de preferência – eu.
Eu!?
Enquanto isso
o mundo segue lá fora
sem que o eu perceba
sua dimensão.

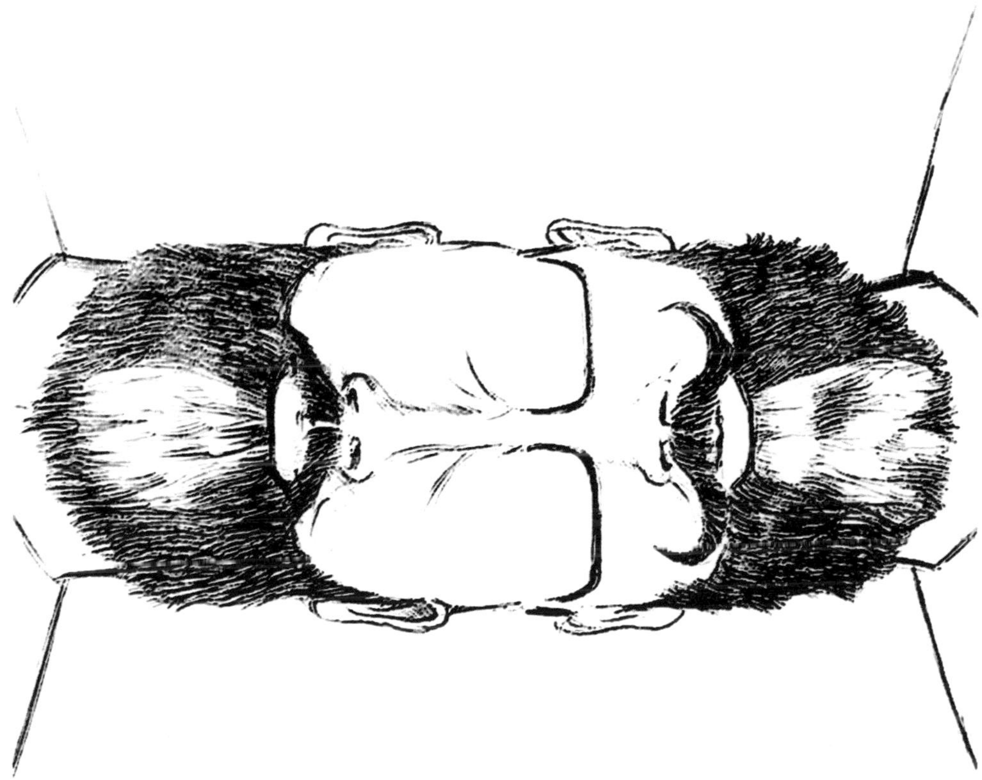

REALISMO

Hoje eu acordei
tentando interpretar meus sonhos:
Desvendar segredos...
Fazer da ficção estímulo...
Uma utopia;
Uma não aparência;
Uma meta.

PERSPECTIVA

Siga tentando influenciar o ritmo do tempo.
Aprecie o desenrolar da vida:
Matas, pássaros, gente, rios, ventos,
Trajetos, muros, pontes...Ufa!!
Faça da certeza do imaturo a esperança do seguro.
Prossiga como milhões,
Em fase de construção.

EMPIRISMO IMPRÓPRIO

Grosseiro,
Sem erudição.
Ignorante,
Sem civilidade.
Descortês,
Impolido...
Os brasileiros sabem
o significado de tosco.

ESTAÇÃO BRASIL

Conheço bem esses trilhos.
Por eles passaram
Mulheres,
Homens,
Homossexuais,
Índios,
Emigrantes,
Brancos,
Negros,
Religiosos,
Ateus,
Prostitutas,
Comunistas,
Liberais...
Nos vemos numa próxima estação.

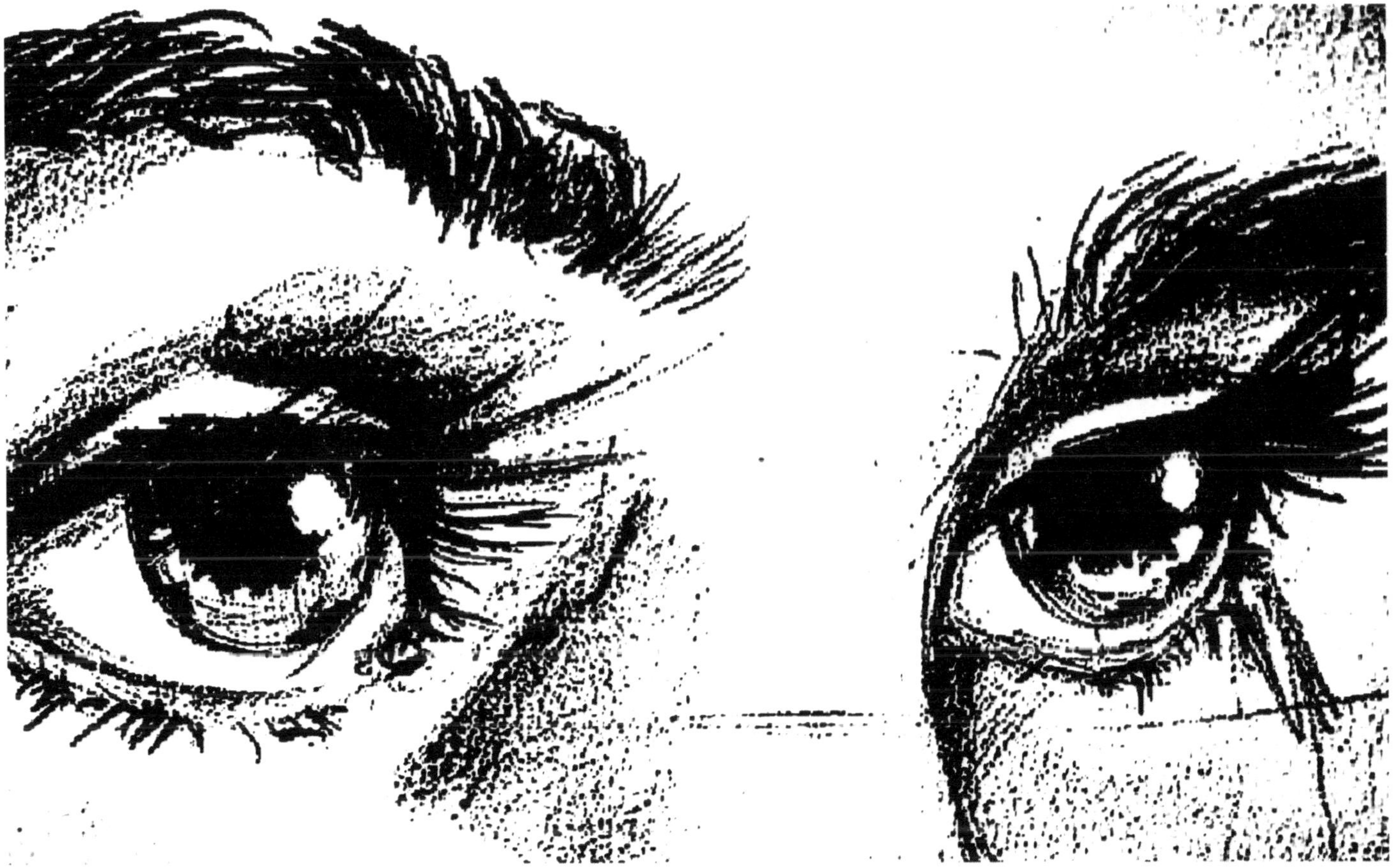

PERCEPÇÃO

Percebi a dimensão da festa pelo barulho do champanhe.
As pessoas chegavam como se estivessem numa passarela de modas,
Belos carros! Lindas roupas!
Aqui todos podem...
Tudo fazem...
Do outro lado do muro, uma favela, um pancadão e o Estado em ação.

EXPERIÊNCIA

Ainda ontem eu revisitei meu passado,
Tudo estava revirado.
Uma tempestade impiedosa passou por lá.
Voltei.
Projetei meu futuro...
E para não alastrar interferências imprecisas,
Fiz um canto alegre para o meu presente.
Serenidade,
Determinação,
Perseverança...
Percebi que o tempo não discrimina as transformações.

DISTRAÇÃO

De repente, sutilmente, um vulto do que era passou.
Já não havia mais tempo para autocrítica.
O que era mesmo?
Quando percebi a noite, já era dia,
O tempo venceu o espaço.
E eu, fiquei só – olhando o tempo passar.
Imperceptível.

RESUMO

Quando nasci, em 1960, o mundo já existia. Existia?
Rios, árvores, fontes, pássaros e um punhado de vizinhos
quebravam o silêncio quase que ensurdecedor
de uma gente distante da civilização. Cresci...
As montanhas limitavam meu horizonte.
Um feixe de lenha, para além de movimentar o fogão pilo-
tado por
dona Escolástica – mãe de 11 filhos – projetava um facho
de luz na escuridão.
E eu, sem conhecer o "Mito da Caverna de Platão", limi-
tado por aquele espaço –
nem imaginava a existência da República.
Meu desafio era enxergar além do morro.
Aqui estou. Muito prazer!

ELA, A SERENIDADE

Seu jeito, em construção permanente,
esconde a sensibilidade do seu ser.
Sua boca, expressão do cérebro, projeta
uma forte dosagem de racionalidade.
Seus olhos, em contato direto com o
coração, pura emoção.
Nas estradas percorridas – um ponto de
partida, um ponto de chegada,
Clareza...
Indisponibilidade para o tempo perdido,
Desprezo pelo insignificante,
Foco!
Atritos indesejáveis da vida não ofuscam
a sua visão de futuro...
Aqui, de onde estou, eu, Mimila, observo
tudo,
É assim que vou modelando meu jeito
alegre de viver.

ARROGÂNCIA É...

Não enxergar seus próprios defeitos;
Fazer tudo sozinho sem ouvir os mais próximos;
Se sentir moralmente superior;
Não reconhecer as suas limitações intelectuais;
Olhar os de baixo com desprezo;
Se sentir maior que o espaço e mais importante que o tempo.
Por se sentir absoluto, o arrogante não consegue conviver com as diferenças.
O arrogante, na sua essência, é um autoritário.

TEXTO À SENHORA LIBERDADE

Ainda ontem eu a vi passando. Todos reparavam com admiração sua postura leve, seu modo cortês de olhar os semelhantes e seu jeito majestoso de tratar os diferentes.

Parecia não estar preocupada com o tempo, também não se apavorava com as diferenças – aquelas que separam os autoritários dos tolerantes.

Mas o que fascinava o seu auditório de admiradores era o seu jeito de se impor. Determinação, serenidade, bons modos e respeito às diferenças eram qualidades que faziam dela naturalmente compreendida e aceita.

Ela tinha um corpo belo, uma exuberância de fazer inveja. Não era aquele tipo inveja destrutiva, mas sim, uma inveja gostosa, de animar qualquer desalentado com a vida em sociedade.

Queria ser livre? Ô se queria! Mas consciente de que sua autodeterminação não significava a limitação da autonomia dos outros indivíduos, pelo contrário, são as relações intersubjetivas moldando comportamentos e construindo regras facilitadoras da convivência coletiva.

Estava perfeitamente consciente que sua sobrevivência é dependente de uma perfeita sintonia entre o livre-arbítrio e a imperiosa necessidade de boas regras de convívio coletivo.

Seja bem-vinda, liberdade, estenda suas mãos à democracia! Desta composição nasce a esperança coletiva de um mundo mais harmônico!

PACIÊNCIA: MUITO PRAZER!

Ela não está só. Em seu entorno orbitam todos que, preocupados com o futuro, projetam superar obstáculos: aqueles, postos no caminho de todos que desejam a alegria no seu modo de viver.
Não se trata de aprender a suportar calado os dissabores que tornam a vida menos agradável...
Muito menos de ver a infelicidade com o olhar dos conformados.
Na verdade, sua maior virtude é a capacidade de persistir diante das dificuldades postas...
É a perseverança diante de circunstâncias adversas...
É a calma para esperar o melhor momento de agir...
É não perder o foco.
Para ela, a resignação não tem o significado de submissão.
Pelo contrário, trata-se de compreender as circunstâncias antes da ação – é o esperar consciente.
Nestes termos: sejam bem-vindos ao mundo dos pacientes!

SOBRE O FUTURO

No caminho que escolhi percorrer, o medo era uma cortina de fumaça. Segui em frente.
Não carregava comigo rancor, nem aceitei que a tristeza fosse mais forte que a certeza de prosseguir.
No caminho, perto de mim, tranquilamente pousado na mangueira,
um sabiá entoava lindas notas melódicas repetitivas...
Era como se quisesse, pela repetição, forçar o ritmo dos meus passos...
Na certeza de um amanhã feliz, prossegui.
Sem ódio, repaginei minha imaginação...
Depois de uma curva, belas árvores e imponentes pedras formavam uma linda montanha –
digna de contemplação.
O sol surgia das suas entranhas, irradiando energia e projetando uma nova aurora...
E eu, acostumado às adversidades da vida, não vi na ladeira morro acima um obstáculo...
Preferi imaginar o outro lado...
Sonhava encontrar um mundo contagiado pela solidariedade.

EXPECTATIVAS

De repente, ao entardecer, ela apareceu no meio da multidão...
No decorrer do dia, sufocado por nuvens cinzentas, o Sol não conseguiu se impor.
O céu rameado projetava desenhos geométricos que mais se pareciam com a uma abstração artística...
Cada observância, uma leitura; cada leitura, uma interpretação; cada interpretação, um diagnóstico...
A vida é assim: carregada de interpretações!
Cada fato, uma circunstância, cada circunstância, várias hipóteses e, por decorrência, indescritíveis possibilidades...
Imaginar o futuro é um exercício cotidiano de paciência, pois o incerto tem o enorme poder de confundir caminhos e de atrapalhar planos.
Mas, o que reservaria à humanidade se não fosse o futuro?
O que vivemos não está mais aqui e o presente é efêmero demais – o suficiente para despertar desejos transitórios...

O concretizado é parte de um esforço passado em constante conflito com o devir – é por natureza conservador.
Confundida com a multidão de passos a esmo, percebi sua imponência...
Num lampejo a vi dobrando a esquina na fisionomia dos que sonham com um mundo melhor...
Era ela, a expectativa...
O que seria da história sem os desejos futuros?

A MENTE, O EQUILÍBRIO E O INESPERADO

Naquela manhã, as poucas nuvens anunciavam um dia sem grandes surpresas: Sol, sombras espaçadas ajudadas pelos pequenos ramos de nuvens e ventos suficientes para calibrar a temperatura.
Enquanto contemplo o tempo, um Colibri beija uma flor na sacada de minha janela. Na sua retirada, como se fosse invadir a minha sala, deixa sua mensagem (mensagem?), faz meia volta e segue seu destino imprevisível.

Quem nunca acreditou em superstições?
Espelho quebrado...
Trevos de quatro folhas...
Passar embaixo de escada...
Orelhas quentes...
Patuás...
Gato preto...
Pé direito...
Bater na madeira...
Sexta feira 13...
Enfim...

Naquela manhã, eu juro que senti um certo frio na barriga!
Afinal, pensei comigo:
Qual a razão da visita inesperada daquele beija-flor?

Razão?
O que tem a ver razão com superstições? Nada!
A razão está associada ao previsível e a superstição
ao imponderável.
Qual mesmo a relação entre razão e superstições? Nada?
Haveria necessidade da racionalidade sem o imponderável?
Naquela manhã o imprevisível não foi capaz de contaminar meus
pensamentos positivos.
Percebi a importância daquela visita inesperada...
A razão é produto do equilíbrio mental.

ENSIMESMADO

Celsino andava só por aquela estrada cercado de árvores, pássaros e solidão.
Cada curva uma interrogação, cada interrogação uma projeção...
O indefinido era o móvel de sua caminhada.
No trajeto imaginado por ele tudo era imprevisível; afinal, caminhar só é uma atitude antinatural.
Antinatural?!
Não se ouvia barulho de gente...
Os pássaros numa sinfonia de variados tons e melodias diferenciadas anunciavam vida em abundância naquela região desabitada de humanos.
O mato empoeirado sinalizava que carros por ali passavam sem muita assiduidade – indício de um destino e de um ramo de civilização.
Concentrado no seu caminhar, de volta para o interior de si mesmo, Celsino fazia da solidão do seu trajeto um tempo de meditação.
O vento embalava os galhos das árvores, que no seu bailado quase que perfeito, buscavam na diversidade a sincronização com as diferentes notas melódicas paridas da natureza...

Constatava-se que as diferenças, naturalmente admitidas, uniam todos os seus elementos constitutivos para dar sentido à vida.

Descobrir é constatar uma existência...

Interrogações: a humanidade teria futuro sem elas?

Cada interrogação, uma descoberta; cada descoberta, uma interpretação; e cada interpretação, a necessidade de uma convenção.

Na sua individualidade, contagiado pela sua sábia e deliberada simplicidade, Celsino partiu cedo, antes de completar 60 anos de idade...

Nunca se preocupou em ser mais do que era!

Sonhava apenas em fazer parte das diferenças que fazem a beleza deste indecifrável Planeta Terra.

SOPRO DE VIDA

Naquele dia, todos que estavam no auditório, alarmados, se calaram.
Não se ouviram nem mesmo os sussurros dos curiosos…
…o esfregar das mãos dos aflitos.
E o respirar quase que sincronizado dos presentes invadia os ouvidos apurados dos que aguardavam com expectativa o momento da sua chegada…
De repente, dando sinal que ainda não era o fim, ela aparece…
Uníssonos, sem pestanejar, todos gritaram:
Solidariedade!!
Era a certeza que, para muitos, a vida estava mesmo ameaçada.

IMAGINAÇÃO

Quando imaginamos, projetamos o que deve ser e o que não deve ser.
Com o tempo, o imaginado não conhecido pode deixar de ser uma mera projeção – um vir a ser...
Ser bom, ser mau, honesto, desonesto, mentiroso, verdadeiro ou simplesmente ser.
Imaginar é buscar no que ainda não é um significado para o futuro...
É fazer dos desejos uma projeção sem imagem, sem texto e sem sentidos...
É vazio e é certeza...
É o autoconvencimento ajustado às circunstâncias...
Enfim, imaginar é viver o que não é como se fosse.

A VERDADE EM CONSTRUÇÃO

Ela estava ansiosa...
Inquieta, "girava" sem parar.
Não era uma despedida, pois "falava" de futuro – dos desejos, das expectativas, daquilo que ainda estava em gestação.
Nada tangível, nada perceptível nem controlável – afinal, como controlar o ainda imperceptível?
Nos seus passos um certo desespero, uma pressa própria dos que desejam chegar logo...
Ela não estava angustiada com o seu destino, nada indicava um precipício – um fim.
Queria antecipar um pedaço do seu futuro para corrigir defeitos...
Defeitos?
Sim, os defeitos perceptíveis...
Alguém consegue perceber o que ainda não é?
Deveras, a busca gera uma certa aflição...
Nada que o equilíbrio não possa dar conta. Afinal, aceitar o devir sem pressa, sem arrogância e nem medo é um exercício de serenidade.

Contudo, a vida seguirá no seu percurso forçando os limites das circunstâncias na busca do novo.
Do novo?
Ah! Então nada está plenamente consolidado, nem é definitivo?
Onde está ela?
Sem arrogância, ela, a verdade, segue construindo o seu significado.

A PALAVRA E A COISA

A palavra "BOMBA" não explode.
Então, a essência é a coisa chamada "bomba" e não a denominação convencionada?
Mas existiria a essência sem um conceito preciso da coisa?
Conceito é uma convenção, um criado humano?
Ou: é a descoberta científica de uma essência?
Mas sem as palavras existiriam os conceitos?
O que as palavras revelam? Uma descoberta?
Ou: a formulação de um conceito?
Então, o sentido não existiria sem uma convenção?
Ou: é o objeto que tem uma essência em si?
Algo sem essência existe? O que é essência sem um significado convencionado?
Ainda ontem, um Bem-Te-Vi pousou na cumeeira da minha casa. Ele cantarolava alegremente, seu canto não era o canto do João de Barro. Sua cor, predominantemente amarela, não se confundia com a cor marrom do João de Barro.
Quem descobriu o Bem-Te-Vi?
Quem o diferenciou do João de Barro?

A linguagem extravasa a subjetividade humana.
Opa! A linguagem é a própria subjetividade humana.
Aquilo que é hoje poderá deixar de ser amanhã.
Ou será uma linguagem modificada?
Como escreveu René Descartes,
“Penso, logo existo”.

REALISMO SUBJUGADO

Usando chinelos de dedos, de bermuda, sem camiseta e sem brilho no olhar, Nezinho tentava chamar a atenção para o seu produto...
No pacotinho que deixava sobre os retrovisores dos carros, um pequeno texto: "Vendo balas nas ruas para ajudar minha mãe. Tenho dois irmãos pequenos, não quero ver eles passando fome. Também não quero roubar. Obrigado! Deus te ajuda".
Sem textos complexos, sem malícia e sem maldade no coração, Nezinho não se achava um estorvo...
Fazia o que estava ao seu alcance...
Carregava com "naturalidade" o peso da crueldade dos ambiciosos, da indiferença dos egoístas e da arrogância dos presunçosos...

Para ele, a manhã seguinte estava distante demais...
Seu horizonte imediato plausível era uma noite de sono tranquilo ao lado dos seus – uma noite sem fome.
Seu conformismo inconsciente era apenas o retrato do seu mundo...
No subconsciente do adolescente um singelo desejo: ser reconhecido como gente.

A ESMO

Ane não via a hora de chegar o dia de partir...
Nada que imaginava ver pela frente era preciso,
A aproximação entre o tudo e o nada entretia
sua mente fértil...
Definitivamente, a distância não era um obstáculo
para suas projeções.
Sua expectativa era fazer o trajeto até o destino
projetado sem sofreguidão...
No seu semblante nem uma ruga, sua testa não
estava franzida
e seu olhar mirava o além.
Era como se o mundo se projetasse na forma de
uma linha reta: sem curvas,
sem obstáculos e sem conflitos.
Ane deixava para trás um sentimento de missão
cumprida...

Apenas as boas lembranças alimentavam sua saudade.
Dos tempos passados, queria levar consigo poemas encantados, fantasias
coloridas e as marcas acentuadas do que foi determinante para seu ser.
Não queria julgar os que a fizeram infeliz...
Para ela, o vivido alimentava seu aprendizado.
Queria apenas que seu futuro fosse mais previsível.

A MOÇA DA JANELA

Debruçada no batente da janela, ela olhava o horizonte com expectativa.
Abraçada ao vazio do tempo, projetava a sua felicidade na mente fertilizada pelo imaginário,
Era como se num passe de mágica sua imaginação parasse o tempo, e o encanto se materializasse.
Seus olhos brilhavam e seu coração batia descompassadamente,
Sincronizados, distanciavam-se intencionalmente da razão.
Era como se a medida do tempo fosse insólita e o incomum passasse a vigorar na normalidade desejada.
A moça da janela sonhava com o amor perfeito...
Ele nunca apareceu.

ZEZINHO E O SEU MELHOR AMIGO

Naquele dia ele acordou cedo. Olhou à sua volta, seus irmãos ainda dormiam e sua mãe já não estava mais. Naquela hora, muito provavelmente, ela talvez estivesse pronta para sua empreitada do dia: limpar a casa onde trabalhava como diarista.

No peito de Zezinho pulsava compassadamente um coração solidário e na sua imaginação uma esperança imprecisa, mas com uma certeza: o sorriso, marca registrada do seu jeito de ser, permaneceria inquebrantável.

A persistência, que sua mãe de pouca instrução formal entendia como teimosia, era pura resiliência – a vida não lhe apresentava facilidades.

Mas naquela manhã fria, ele desceu do seu beliche, ajustou a manta do seu irmão que ainda dormia – o do meio – para melhor aquecer os seus pés; em seguida, compartilhou com sua irmã caçula o seu próprio cobertor, um gesto natural de expressar sua solidariedade – um cuidado de irmão mais velho.

Ansioso, ele não via a hora de calçar seu primeiro tênis de marca, presente de aniversário que sua mãe comprou com sacrifício – um ato de reconhecimento pelo seu bom comportamento. Aguardava com expectativa o anoitecer daquele sábado de junho.Orgulhoso, estrearia seu novo tênis na quermesse da Igreja de São João Batista.

Alegre, esperou seu irmão – o do meio – acordar para contar que logo mais, ao anoitecer, na festa do padroeiro, ele iria poder compartilhar seu contentamento com Pedrinho, seu melhor amigo.

Pedrinho era com quem Zezinho brincava todas as tardes, quando não estava cuidando da casa e dos seus irmãos enquanto sua mãe trabalhava.

Mas naquele sábado seu peito pulsava um coração descompassado, ele estava em um estado transportado para fora de si – em êxtase. Afinal, não é qualquer dia que se estreia um tênis de marca.

De repente, o inesperado: ouvem-se tiros, mais tiros!

Os agentes de Estado, que raramente apareciam naquela comunidade, invadiram a casa em que Pedrinho brincava. Alvejado pelas costas, Pedrinho não teve tempo de se apresentar...

No dia seguinte, lá estava Zezinho de tênis novo para abraçar pela última vez o seu melhor amigo.

TRAJETÓRIA IMPERFEITA

O “desconhecido” anunciava a sua chegada.
O “desconhecido” anunciava sua chegada?
É que os que ali estavam já não correspondiam às expectativas: não perceberam a passagem do tempo, não notaram os seus envelhecimentos.
Esqueceram os significados dos verbos recomeçar, reparar, revigorar, transformar...
Confundiram incompatibilidades com diferenças e fizeram do pragmatismo fonte de abastecimento de suas vontades.
Nem ao menos tentaram o disfarce da roupa nova para ganhar tempo,
Não entenderam que gratidão pelo já feito é um sentimento que tem prazo de validade.
Agora, seguem correndo na esperança de superar os prejuízos...
Com atraso, “todos” reconhecem que o novo “desconhecido” é um velho centenário, vestido de roupa nova, que volta a ameaçar a dignidade das pessoas.

NO COMPASSO DO TEMPO

Naquele dia, Marinalva estava sorridente.
Logo cedo, no compasso dos passos, ela caminhava pela estrada deserta rodeada de verdes.
A ausência de nuvens facilitava uma ampla visão do horizonte,
E os pássaros, celebrando uma nova aurora, em algazarras, cantarolavam em diferentes tons.
Naquele espaço livre, sem regras pré-estabelecidas, a consonância e a dissonância harmonizavam o ambiente, deixando-o naturalmente sereno...
Sinal de que os diferentes, aos ouvidos dos que trabalham uma composição, se completam.
Não estava preocupada com o tempo.
Para ela, tempo e contratempo são demarcações humanas para atender circunstâncias...

A vida se torna menos complexa quando se consegue administrar o compasso do tempo...
Pois a pressa é um desejo incontido de humanos afoitos, um querer domesticar o tempo – sujeitá-lo.
Marinalva estava deveras satisfeita.
Definitivamente, entendeu perfeitamente o papel do equilíbrio entre emoção e razão...
Agora seu viver estaria menos complexo.

O QUE É SAUDADE?

Saudade é nascente,
É água corrente,
Que encharca sem piedade,
A alma do amor distante...
Não é tristeza, é certeza,
É ansiedade, é vontade e é beleza
É palpitação de um querer pujante.
Saudade é a falta exigindo presença,
É amor e é crença,
É a certeza daquilo que ainda persiste...

É Lua que brilha no horizonte,
Clareando no peito da gente,
O belo em momento triste.
Saudade é brisa marcante,
É pista de ida constante,
É um desejo ardente,
Que clama pela presença...
É sol que queima por dentro,
É vento soprando constante,
É um querer sufocante,
É incentivo, é renascença.
Saudade é amor e/ou amizade,
É persistência, é solidariedade,
É desejo sem tempo de validade,
Não é demência, nem insensatez...
É vida pulsando coragem,
É a alegria de tempos atrás,
É a certeza do que já fez.

SONHEI COM A PRIMAVERA

Tudo estava florido e as pessoas andavam livremente sem serem importunadas pelo tempo...
Era como se a natureza, sem medo da destreza dos humanos, domasse a pressa e, pelo prazer sensitivo, disponibilizasse a todos a sincronia captada.
A harmonia suplantava valores subjetivos competitivos...
Era como se a vida fosse organizada para apreender a reciprocidade, não no sentido da conveniência, mas na universalidade do bem.
A alegria se confundia com as flores...
Como se o naturalmente colorido sufocasse pretensões descabidas e, num passe de mágica, humanos e natureza se confundissem sem nenhuma subjugação.
Acordei sorrindo...
Aquela noite havia alimentado minha utopia de um mundo naturalmente humanizado.

TRAJETÓRIA

Trajetória é o retrato da vida
Percepção percorrida,
No tempo projetado.
É retrovisor permitido...
Conduta diversificada.
É trajeto concebido,
Lembranças do inacabado.
Na estrada, trajetória é caminhada
Obstáculos superados,
Na dimensão do já feito.
É substância em acúmulo...
Conteúdo validado.
É destreza verificada,
Relativizando o imperfeito.

Trajetória é lembrança do jogo jogado
Em campo nem sempre escolhido,
Com regras determinadas.
É bola chutada para frente...
Às vezes com time recuado.
É súmula, é juiz é julgando,
É jogada organizada.
Trajetória é semente semeada
Em tempos de expectativa,
Na terra fertilizada.
É chuva irrigando a vida...
Frutos por muitos colhidos.
É água matando a sede,
Na fonte eternizada.

O MUNDO DOS ESQUECIDOS

Nas comunidades de vida simples a expectativa projeta o futuro.
Os olhares coletivos procuram enxergar além do tempo – uma forma de trazer para perto de todos o imperceptível.
O silêncio se mistura à imaginação: certeza de que o amanhã imaginado é um estímulo de transformação.
No horizonte destas pessoas a realidade estimula um olhar para além da cerca que os aprisiona.
A carência alimenta a expectativa,
A imaginação projeta um futuro diferente...
E a solidariedade funciona como estímulo à organização do inconformismo.
A ordem jurídica imposta é vista como coisa de bacana – instrumentos de preservação de privilégios.
Suas regras de convivência são mais simplificadas – todas giram em torno do respeito sem discriminação.
No mundo dos esquecidos, a cada amanhecer a sobrevivência é motivo de comemoração.
Na periferia, viver é um desafio, ainda mais em tempo de pandemia.

O TEMPO E A PRESSA

Agora, depois de algumas décadas vividas, eu dou mais valor ao tempo.
Não era assim. Nos meus vinte anos, o tempo era apenas um detalhe.
A distância do fim fazia o meu espaço flutuar no tempo...
Era como se o tic-tac do relógio alongasse as horas, influenciando diretamente as possibilidades das metas e realizações.
É assim mesmo: para os jovens, o tempo passa mais devagar. O estável é relativo e pode esperar mais um pouco – o futuro é visto com parcimônia.
Fico aqui a pensar: será que o tempo do prazer não se conecta com o tempo da estabilidade? Ou: a estabilidade é fruto do prazer?
É que o prazer não tem medida e o incomensurável está mais presente nas mentes fertilizadas dos que não enxergam o fim.

Agora, depois de algumas décadas, percebo que viver é saber administrar o tempo...
Que o prazer é efêmero demais para ser padronizado...
E que o finito está bem ali.
Ninguém consegue parar o tempo!
Será que o tempo se circunscreve ao fim do Planeta Terra?
Expectativa!

ELE, O MAR

Sua grandeza não se nota na extensão
imaginada...
Nem sua imponência se confunde com
arrogância.
Nele, o belo naturalmente abraça a
suntuosidade,
No concerto frenético do vai e vem das ondas,
uma nota de paz,
A cada vinda, uma mensagem...
A cada ida, a certeza de um retorno magistral
– triunfante!
Sua inquietude é serena.
Sua leveza agitada produz um despertar conta-
giante – uma repetição agradável.
Enigmático! Nele o mistério alimenta a certeza
do amanhã...
Um amanhã renovado nas brisas contagiantes.
Solene, sem formalismo,
Altivo por dignidade,
Nem arrogante, nem autoritário: simplesmente
majestoso!

PRESSÁGIOS E PROJEÇÕES

Hoje eu acordei cedo para curtir a aurora.
Antes do sol nascer, a vida já anunciava sua continuidade...
A claridade que apontava o início da manhã era a certeza de que o ontem é a confirmação de uma etapa comprida – cumprida.
Quem vive desafiando o tempo sabe a importância do princípio!
Na primeira manifestação, qualquer coisa, fato ou sintoma faz da incerteza a valorização da cautela...
Indício de que o novo projetado não é nem bom e nem mau, é apenas o início de algo a ser construído, adaptado ou desprezado,

Um traçado cuja demarcação solidifica o abstrato que está posto apenas na imaginação do que é ou será.
Intuitivamente o desejo molda o futuro...
São presságios, mas não agouros – apenas indícios de que algo novo está para acontecer.
Ato de sentir antecipadamente com desconfiança equilibrada para que o velho não atrapalhe a construção do novo...
Um novo positivo, resultado da fina sintonia entre razão e emoção na solução do desconhecido.

SOLIDARIEDADE EDIFICADA NO AGIR COLETIVO

A vida em sociedade exige ternura, sensibilidade, perseverança, determinação e disposição para um tipo de reciprocidade solidária.
A ligeireza, quando ganha significado de presteza no agir e no pensar, torna os humanos mais responsáveis.
Aliás, só os humanos são capazes de fazer sua inata aptidão ir além do instinto animal.
Habilidade de quem faz da razão um instrumento de composição, onde o engenhoso convívio humano se concretiza nas somas das ações.
Delicadeza dos que, vitaminados pela necessidade inexorável do viver coletivo, estipulam os limites de suas individualidades sem desprezar o sentido total da vida.
É no vai e vem de ideias e ações que o interagir humano surpreende: sufoca o egoísmo e projeta no além os desejos humanos ancorados no caminhar conjunto.
Agosto de 2020, cem mil vidas ceifadas inesperadamente: será um novo começo?
Quem despreza uma vida humana não está apto a viver em sociedade.

CELEBRANDO A VIDA NA NATUREZA

O belo natural se impõe para além da convencionada ponderação humana.
Tudo se compõe numa perfeita sincronia. O canto do Canário, a farra dos Bem-te-vis, o canto triste da Rolinha, o compasso impecável do cantar do Tico-tico e as variadas, porém perfeitas notas musicais extravasadas pelos Sabiás, formam, na consonância e dissonância, harmoniosas melodias que se projetam por intermédio da sensibilidade humana.
Pássaros, árvores, nuvens e brisas, cada um ao seu modo, se somam...
Na natureza, as diferenças não comprometem o significado, pelo contrário, fazem da diversidade o jeito certo de prospectar valores nem sempre preestabelecidos – o visível necessário para jogar luzes nos tortuosos passos dos humanos.

Em se tratando de natureza, tamanho, exuberância, espaço geográfico e beleza não tornam a coisa ou o fato superior.

Tudo é parte de um todo composto – cada um com sua importância dá à igualdade um significado valorativo na conformação do planeta Terra.

Nada acontece por acaso, tudo se justifica naturalmente.

A exceção fica mesmo para as ações dos que se autointitulam racionais.

O BELO E O AMANHÃ

O Sol descia e se aproximava do morro...
Era como se a Terra fosse em sua direção e, em agradecimento, o envolvesse num abraço fraterno.
Naquela tarde, Terra e Sol se confundiam numa simbiose necessária...
Para os olhares contemplativos, suntuosidade e beleza se conectavam numa única mensagem assertiva onde a partida era a certeza do retorno.
Na sua despedida momentânea, seus raios penetrantes fingiram não existir...
Era a trégua necessária para que os olhos humanos pudessem perceber sua majestosa imponência.
Como se o "Astro Rei" protestasse contra a ambição dos que tomaram conta do Planeta azul.
Sua cor levemente avermelhada se misturava com a fumaça brotada das queimadas...
A certeza do dia seguinte e de uma repetição constante projeta nos humanos o conformismo...
Era como se a cena daquela tarde fosse se repetir eternamente.
Assim, ele dobrou a esfera azul se apresentando para outros povos como solução para a vida.

Sem perceber nossa insignificância, seguimos na expectativa da imortalidade para, só depois de nossa passagem, fazer autocrítica.
Poderá ser tarde demais!

A TENTAÇÃO DO ABRAÇO

Abraçar é aconchego, é manter junto do peito a pessoa
que se quer...
Braços entrelaçados, corações aproximados, suspiros
aliviados superando a solidão...
É circundar, é envolver,
É resolver se aproximar sem preconceito...
É sentir palpitação.

Abraçar é não perder de vista, é abranger, é abarcar
É reconhecer o infinito do desejo de amar.
É vida compartilhada,
É o outro como se fosse eu...
É dedicar-se, é adotar, é curtir o outro no respirar,
É sentir que o amor valeu

Abraçar é também abdicar sem deixar de fazer planos
É meiguice, é excitação, é calor no coração, sentidos no
decorrer dos anos.
É entusiasmo e tentação do desejo de estar perto...
É um gesto de ternura, retorno sem justificação,
Abraçar é reciprocidade por certo.

SE ENTREGAR JAMAIS

Quando eu cheguei à tarde lá estava ela.
Depois de um dia repleto de atividades ninguém duvidava do motivo da sua alegria:
Alegria de viver e de estar rodeada de amigos verdadeiros,
Alegria por estar diante de um novo desafio,
Alegria de ver superados imensos obstáculos,
Enfim, satisfação por saber que viver é caminhar em cordas bambas,
mas que é possível equilibrar-se com as mãos estendidas.
Para ela, as dificuldades, próprias daquelas que constroem o amanhã no hoje,
eram apenas um incentivo à determinação...
Seguia focada: desânimo não combina com superação, muito menos com a precisão da chegada.
E assim seguia aquela menina, com a certeza de que seu futuro estava posto na exata proporção
da sua coragem de lutar. Se entregar jamais!

OS DESTINOS DO CAMINHAR

O menino andava a esmo pela estrada sem ter certeza do ponto de chegada.
A vida é assim mesmo: certeza do ponto de partida, expectativa quanto à trajetória e imprecisões quanto ao ponto de chegada. Alguns percorrem longas estradas sem a preocupação com o tempo; outros, por ambição ou conformismo, preferem trajetos curtos; há ainda aqueles que seguem caminhando, caminhando, caminhando....
Não há como padronizar a destreza.
Há sempre os afoitos e os afáveis, os atentos e os indolentes, os serenos e os agitados,
Enfim, na vida encontramos os que ficam por conformismo, os que partem por desatino, os que ficam por querer mais, os que deixam de fazer por insegurança, os que fazem sem pensar nas consequências...
É que nem sempre razão e a emoção estão ajustadas às proposições do amanhã: certeza nem sempre se traduz em alegrias e a felicidade é efêmera demais para ser moldada.
Atento, fiquei olhando o início da caminhada daquele menino...
Achei ele preocupado apenas em caminhar...
Todo início é assim mesmo – deixa que vida vai lhe ensinar sobre as curvas das estradas.

AMIGOS DE OUTRORA

Cheguei na hora certa.
Tudo o que eu mais queria era assistir aquela cena.
Ali não havia competitividade, todos compartilhavam o que tinham, e os sentimentos de altivez apenas celebravam as atitudes solidárias.
O espaço não era demarcado pelas diferenças – eram os diferentes que faziam daquele espaço um ambiente saudável.
Todos sabiam exatamente o seu lugar.

A arrogância era tratada com desprezo e o termo malquerença, estranho aos hábitos dos que ali estavam, não contaminava a liberdade criativa.
A presunção se limitava às hipóteses verdadeiras e nunca às aparências indevidas, indesejadas – sorrateiras.

Os que ali se encontravam sabiam o valor da solidariedade.
A utopia ali não tinha o significado de “lugar nenhum”.

Falavam da vida e de uma república imaginária...
Os sentimentos se confundiam com os propósitos – e os propósitos com a necessidade de um mundo mais humano.
Saudavam os amigos que partiram, choravam os que mudaram de lado...

Todos entoavam cantos libertários, falavam de revolução, dos erros e dos acertos, das suas realizações e do inatingível...
Como é bom encontrar velhos amigos!

A REPERCUSSÃO DAS PALAVRAS

Viver é caminhar em cordas bambas, é um eterno equilíbrio entre razão e emoção.
Palavras, desprovidas de conteúdo, são emissões de sons, não deixam marcas – sem compromisso de retorno, o vento as leva.
Mente equilibrada não direciona as palavras para objetivos imprecisos, incoerentes, falaciosos...
E o equilíbrio é sempre um juízo subjetivo do desejo em contato com o meio e suas consequências.
Lembre-se: toda decisão gera consequências e toda consequência uma reação na exata proporção da sua repercussão.
Liberdade não se confunde com imposição...
Então, faça da sua liberdade de expressão um convite às diferenças!
Você já tentou extrair do seu coração o conteúdo dos seus sons?

DECIDIR

Decidir é coragem, é vontade e é precisão,
É uma escolha exata de um desejo...
É medida, é peso – é construção.
Não impressão, é presteza,
É a perspectiva do certo negando a indecisão.

Decidir é escolher caminhos sem medo de
caminhar,
É seguir em frente sem temor e sem receio...
É tropeçar e na queda se levantar.
Não é acovardamento, é arrojo, é audácia,
É enfrentar as curvas sem medo do que virá.

Decidir é projetar o tempo futuro com o olhar
da equidade,
É juntar, é arranjar, é fazer tudo bem feito...
É fazer do amanhã o presente com sagacidade.
Não é imperícia, é clareza,
É sufocar a emoção quando tomada de vaidade.

Decidir é trilhar o caminho da esperança,
É o valor do possível moldando o desejado...
É sentimento positivo, é fé, é temperança.
Não é desespero, nem desforra – é persistência,
É a busca do novo alimentando a perseverança.

A DÚVIDA E A METAMORFOSE

Não espere perenidade na trajetória da vida.
O que foi não é, e o que é não será..
Nenhum inconveniente: o exato é conservador demais – não movimenta a roda da história...
E a virtude da "certeza" só se expressa em composição com a esperança.
Mas o que seria da humanidade se não fosse a esperança – sem a busca da precisão?
A esperança é um sentimento de quem vê como possível a realização daquilo que deseja – é confiança, é fé.
Mas lembre-se: a perfeição tem seu prazo de validade ditado pelas regras da natureza, que por sua vez é dependente do tempo...
Então, valorizemos a expectativa, é dela a construção do amanhã moldado nas diferenças.
O tempo não tem parada: quando sentir-se velho, faça do novo o estímulo.

ANUNCIAÇÃO

Lá fora, nuvens escuras anunciam chuvas.
Pássaros em algazarra – periquitos, bem–te–vis, sabiás – comemoram um novo amanhecer...
Será um recomeço? Ou será o transitório justificando aquilo que virá?
A vida é assim mesmo: a passagem não é o prenúncio do fim,
Nem o novo ciclo tem o condão de esconder o passado...
E o significado, visto com um olhar do futuro, é uma anunciação – um florescer para germinar.
Chuvas, plantas, pássaros, gente...
Vamos celebrar a vida!

MERETRIZ

Nas ruas me apresento sem pudor...
Nada me detém, nada me consome, nada me enoja,
e eu fico na expectativa do próximo.
Não reparo a beleza, não vislumbro emoção nem
mesmo me importo com inteligência...
O importante é o que ele vai deixar.
A vida não me concedeu o direito à livre escolha,
tampouco à paixão...
Troco aquilo que está sob mim, no meu controle:
meu corpo.
Amor, ah! Sim! Amo a reciprocidade...
Recebo a medida da minha necessidade.
Aqueles que me condenam, se consideram autossuficientes ou são pequenos demais diante da imensidão
do mundo.
Para uns, submissão é poder; para outros ausência
de dignidade...
Para mim é mera necessidade.

Pecado? Quem disse que lutar pela vida é um ato pecaminoso?
No meu amanhã a liberdade é prima-irmã das condições
materiais...
Quem – homens e mulheres – nunca deu... em troca de uma expectativa?
Viver é administrar probabilidades...
Eu sobrevivo.

O COMPASSO DA DANÇA

Quando danço, o prazer invade minha alma.
Nada me detém!
No compasso do som – embriagado pelo prazer rítmico – sigo de cabeça erguida...
Tempos fortes e tempos fracos se alternam ditando a dinâmica do meu corpo.
Os intervalos regulares da música ditam o compasso de minha interpretação – minha interação...
A cadência é o meu diálogo com o auditório.
Na minha frente, olhares atentos, silêncio absoluto e músculos relaxados como se quisessem penetrar na minha dança...
Emoção, reciprocidade, interação.
Tudo é permitido enquanto ali estou...

É a sequência harmônica que me faz tomar conta do espaço,
Corpo em atividade, músculos enrijecidos ou relaxados conduzem meu corpo a um conjunto fluente no tempo – Naquele espaço meu corpo parece falar.
Elasticidade, asas, ar, sons, passos, ritmo – literalmente o mundo aos meus pés.
Movimento o meu corpo de maneira graciosa, com leveza...
E se há intermitência, é para melhor sincronizar os meus passos.
Danço para estimular emoções.

TEMPO, PASSAGEM E UTOPIAS

Ali naquele espaço ninguém estipulava, a priori, o tempo da passagem...
Todos, cada um com seu tempo, passavam sem medo, sem susto – sem necessidade de justificação.
Ninguém estava empoderado para impedir ou facilitar a liberdade de ir e vir...
Não se fazia questão de olhar a cor da pele, o acúmulo material, religião, sexo ou condição física...
O direito era de todos.
Tudo ali tinha um sentido construtivo: ponto de ligação; duto receptor; ponte de integração; instrumento de interação...
Enfim, na diversidade, a vida ali circulava intensamente.
Caminhos, pontes e corredores indicavam a direção...
Os muros eram imaginários – um delimitar das individualidades necessárias.
Não havia bilhetes nem valores estipulados: a contribuição, como atributo da consciência, era um ato voluntário – um costume.
Sim! Todos esperavam ansiosamente o próximo capítulo...
Até porque o desenlace do romance era uma obra coletiva.

Todas as ocorrências individuais ou coletivas, positivas ou negativas – funcionavam como elementos de construção...
Acontecimentos, episódios, casos, caos – nada era dispersão.
Os termos conservação, mudanças, construção e transição eram encarados com naturalidade – na dialética serviam como elo de ligação entre o presente e o futuro.
Ali, a imersão se associava à sede de saber – um querer construir do jeito certo!
Todos viam na solidariedade a passagem segura para o futuro.

O MEU AMANHÃ

No meu amanhã:
Não quero a escuridão sem o amanhecer...
Nem vou gesticular a pedido,
Vou dar aos meus gestos um sentido...
Para poder pertencer.

Vou dar preferência à agitação; sem desprezar o sossego.
Vou amar com reciprocidade, porém com desapego.
Caminhar com a multidão sem banalizar o complexo...
Para fazer da diversidade o caminho do certo.

Não vou esperar a ordem de início para depois caminhar...
Nem vou me fazer de surdo para poder escutar,
Vou pregar a esperança como meio de ser feliz...
Me libertar das amarras sem medo do que virá.

SÓ NO MEIO DA MULTIDÃO

Naquele dia eu me sentia só.
Muitos estavam comigo, eu é que não estava com ninguém.
Sabe aqueles dias em que você amanhece invejando a solidão? Pois é, era assim que eu me sentia.
Não se tratava da supervalorização da individualidade, pelo contrário, era como se no isolamento eu pudesse descobrir a multidão...
Ou como se o deserto fosse me indicar novos modos, novos métodos para a vida em sociedade – um retirar-se para ressignificar a urbanidade...
Uma autocrítica dos excessos para uma vida sociável.
Projetei naquele espaço ermo o meu próprio ressignificado.

ENTRESSONHO

Naquela manhã ensolarada minha imaginação fluía livremente.
Era como se o pensamento não encontrasse barreiras, e as fronteiras que limitam tempo e espaço desaparecessem.
Fiquei apreciando o vai e vem do mar.
E as variadas brisas presentes, em contraste com a vagareza do tempo, fez flutuar minha imaginação:
Por que será que a universalidade da cadência não segue propósitos humanistas uniformes?
Não sincronizadas, chegada e partida prosseguem com sua própria dinâmica
E o tic-tac do relógio, no seu compasso, segue se distanciando do passado e aproximando futuro da realidade.

CUMPLICIDADE

Naquela manhã, quando acordei, seu cheiro ainda estava no ar...
É que o cenário da noite anterior fazia minha imaginação levitar...
Era como se meus pensamentos quisessem fincar em mim os registros de um passado não tão distante.
Não era a perda da consciência, pelo contrário, eram marcas de um estado de contemplação – um momento de êxtase.
Tudo era real: cadeiras afastadas da mesa, marcas de vinho na toalha, cama desarrumada e o batom vermelho na taça se confundindo com a densa cor do Malbec.
Na vida é assim: os feitos, quando marcantes, fincam n'alma a certeza do querer.
Naquela manhã, tomado pelo desejo da repetição, esperei o nascer do sol com expectativa...

SIMBIOSE NECESSÁRIA

O céu estava nublado ou, como diz o sertanejo, "ramiado"...
Por inferência havia uma expectativa de chuva.
Os pássaros, em algazarra, cantarolavam – dando aos humanos que ali estavam um sentimento diferenciado para a vida...
Era como se a alegria sufocasse a tristeza e os tristes, agarrados aos exemplos da natureza, afastassem os sentimentos de piedade, e em seu lugar fizessem florescer ternuras recíprocas.
O sol, imponente por natureza, entre flechas, insistia em projetar seus raios...
Era como se dissesse: "Estou junto, sou parte desse todo que sustenta a vida!".
A natureza é assim mesmo: os diferentes não se separam, sua diversidade é apenas a justificação da existência...
Sol, chuva, ventos, flora e fauna fazem das diferenças uma cadeia lógica de subsistência.
Arrogantes, os humanos insistem em se diferenciar!

AS VIRTUDES DA PACIÊNCIA

Hoje eu acordei na fila dos mansos.
Não! Não era um querer ser dócil, muito menos pacato!
Via na simetria – tempo/paciência – a certeza do agir.
E imaginando a correnteza de um rio, fiz do remanso apenas uma parada para reflexão:
instrumentalizei minha calma para penetrar no mundo dos proativos.
Recortei do meu dicionário o significado do medo e, numa ressignificação do termo coragem, penetrei no terreno dos determinados.
Deixei para trás os conformados, abracei os obstinados – resolutos e fiz do meu amanhecer o meu próprio ressignificado.
E para prosseguir com altivez, mirei no meu ponto de chegada um novo recomeço.

PAIXÃO PELO IMPERFEITO

Não me interessei pelo seu passado...
Nem ao menos olhei seu jeito físico –
a sua meiguice e o seu modo carinhoso
já eram suficientes.
Sua profundidade era justamente
sua curiosidade: ver, ouvir,
conhecer experimentar...
Não tinha medo do novo!
Não era bisbilhoteira: sua originalidade
estava no seu interesse de aprender mais.
Na vida não desprezava as oportunidades...
Ela era insólita – única, rara, extraordinária.
Aí estava sua beleza:
não se apresentar na forma habitual.
E eu, que não acredito na perfeição
absoluta, encontrei nela a minha segurança.

O TEMPO E O FUTURO

Viver é trazer para perto o que se imagina do futuro, mesmo consciente de suas imprecisões.
Hoje você já se perguntou sobre os seus próximos passos? Não!
Não se curve diante do já feito!
O conformismo não corrige rotas, não repara erros cometidos, não equilibra decisões e, por consequência, não apruma ações às trilhas previamente traçadas...
E nostalgia, quando confundida com melancolia, retarda o tempo futuro.
Ressignifique sua trajetória – não deixe a saudade lhe arremessar em definitivo para o passado!
Siga em frente. Você vai chegar!

HORIZONTES IMPRECISOS

Hoje, sentado de frente para o mar, deixei de me preocupar com o tempo.
Me conformei com a dinâmica da brisa ditando o compasso rítmico dos meus pensamentos.
Leve e solto, me projetei naquela imponente imensidão...
E no vai e vem das ondas, a relatividade da certeza valorizava o tempo do meu viver.
Diante daquela grandeza tudo era impreciso, tudo era incompletude...
E o mar, sem tempo pré-estabelecido para o seu fim, seguia na sua arritmia constante: ora bravo, ora manso.
Foi aí que percebi a importância de sincronizar o tempo do meu viver com as minhas expectativas.

O TEMPO DAS CERTEZAS

Hoje os raios reluzentes do Sol projetam em mim um sentimento metamorfósico...
É que nas certezas do ontem eu encontrei todas as incógnitas necessárias para prosseguir minha caminhada.
Que alegria!
Na minha viagem, perguntas se confundem com estímulos e certezas com novas descobertas...
E no meu caminhar, em cada passo e em cada trecho percorrido – uma ressignificação para o termo certeza.
Essa simbiose entre o concreto e o abstrato aumenta em mim – mesmo consciente da finitude – a precisão da chegada...
É que nas ressignificações do hoje, delírios e devaneios incentivam o alargamento dos meus passos para fazer do porvir a contemplação do belo.
E eu, diante das imensidões de espaços, num equilíbrio entre tempo e desgaste, sigo projetando o meu futuro...
Pois, é no jeito de viver que a finitude desafia o tempo...

PARA ONDE VOU?

Confesso que gosto de sentir de perto a imaginação – imaginar estimula meu instinto criativo.
Às vezes sou tomado pelo desejo intenso de ver, ouvir ou conhecer algo...
É que a percepção do imaginado me aproxima da realidade e projeta em mim a certeza do novo.
Penso que conservadorismo sem medida atrofia a criatividade.
As inquietações, o interesse de agir e de criar relacionam presente e passado e projetam no futuro a esperança do hoje...
É da expectativa de tornar-se, transformar-se, fazer existir que se depreende o sentido do desejo.
Sinto-me numa estação esperando a próxima composição. Imagino seu trajeto: casas, árvores, pássaros, montanhas, pedras, gente... – tudo pronto, porém para mim, tudo novo. Sigo imaginando o ponto de chegada.
Aonde quero chegar mesmo?
Viajo na minha imaginação!

O COMPASSO DA VIDA

Debruçado aqui na janela de minha varanda aprecio o tempo passar...
O vento sopra e o balançar dos galhos das árvores estabelece, no compasso do tempo, o tempo do compasso.
É neste movimento cadenciado que se percebe o andamento regular da vida...
Variados pássaros, diferentes cantos , encanto, em cantos diferentes...
Sopros, passagem, passageiros, futuro – pontos de ligação...
E a natureza, que não pede licença para se impor, faz valer sua importância...

TERMÔMETRO DO TEMPO

Hoje quando eu acordei a cerração encobria o belo...
A serenidade do vento, quase imperceptível, encompridava o tempo do sereno,
E as folhas das árvores lentamente deixavam escorrer pingos de orvalho, fazendo sons para os ouvidos apurados.
Diferentemente de outros dias não se ouvia o canto dos pássaros,
Acho que eles estavam em compasso de espera...
Esperavam o Astro-Rei, com sua energia incontida, dispersar naturalmente tudo o que ofuscava sua visão.

Naquela manhã, a tristeza disfarçada de cinza dobrava as curvas da estrada e, como se fosse esconder atrás do morro, fugia de mim... A vida é assim: mesmo diante de tenebrosas expectativas ela insiste em querer superar as incertezas.

NADA É IMPOSSÍVEL DE MUDAR

Hoje eu saudei a vida em sua plenitude.
Inteira e completa, definitivamente a vida não segue em linha reta.
Nada demais! As incertezas das curvas estimulam a imaginação do futuro.
E nada me faz imaginar um amanhã sem brilho, sem alegria.
Tempos difíceis não anulam esperanças, pelo contrário, despertam em muitos o verdadeiro sentido da solidariedade.
E quando olhamos o terreno em que pisamos, por mais pedregoso que ele seja, sempre haverá vida insistindo em prosperar – proliferar.
Tudo em nós – ação, omissão, certezas, incertezas, pessimismo, otimismo – enfim, viver é buscar nas contradições o equilíbrio necessário.

Hesitação! Ah sim! Para as mentes otimistas a inação é apenas uma pausa para melhor prosseguir...
É que para os bem resolvidos, ousar é sempre um meio de combater o conformismo.
Desafios, obstáculos, retas, curvas: a vida segue suas trilhas tortuosas...
Nada é para sempre, nada é impossível de mudar!

PRESSÁGIOS

Abril de 2021...
Hoje decidi fugir da realidade, montei um cenário imaginário – um desejo.
Na minha prospecção, o meu mundo imaginado em sintonia com o meu querer vislumbravam cenas de um cotidiano corriqueiro...
Casas, gentes, montanhas, fauna, flora – a vida pulsando com fervor.
Os negacionistas de ontem ali não estavam.
Deus, deuses, agnósticos, "puros" e "impuros" formavam uma comunidade de imperfeitos...
É que para os que ali viviam a perfeição tinha o significado de trajeto e nunca de ponto de chegada.

E como no meu mundo imaginário a vida é comparada a uma corrida de revezamento, onde o hoje prepara a chegada dos próximos, a harmonia era uma construção cotidiana e nunca uma imposição. Os crentes, os descrentes, os puros, os impuros e os sábios aprendizes organizavam suas diferenças na perspectiva da desejada estabilidade.

E assim viviam todos em perfeito equilíbrio: pretos, brancos, "alienígenas", crentes, ateus, agnósticos, comunistas, liberais, social-democratas...

Enfim, naquela comunidade prospectada só não havia espaço para o individualismo competitivo e para os que queriam suprimir a liberdade criativa dos seres humanos.

Que venha 2022!

ATRIBUTOS

A vida é sempre um caminhar para a frente...
Caminhar com poucos, com a multidão ou simplesmente caminhar.
Às vezes numa percepção clara de quem está em volta, optamos por caminhar de mãos estendidas...

O TEMPO DO EQUILÍBRIO

Há pouco ele passou por aqui.
Olhei no seu rosto, lá estavam as marcas dos antepassados...
E as rugas, próprias do envelhecimento, registravam esforços e atos.
Seus gestos, muitos já experimentados, sugeriam serenidade...
E suas atitudes projetavam além do possível.
Seus passos, às vezes lentos, eram marcas da racionalidade...
Continuava analisando o passado com um olhar do futuro, e o já feito como referencial.
Sua sabedoria estava em não deixar a estagnação invadir suas expectativas.
Não temia o encontro de gerações, pois era no equilíbrio entre o velho e o moço que vislumbrava o amanhã.
Viver é saber interagir, mas é também não perder o tempo de passar o bastão.
O que seria da humanidade sem sincronizar os seus passos ao compasso do tempo?
Muitas vozes às vezes perturbam...

Em outros momentos o silêncio soa como um grito de alerta.
As trajetórias dos humanos são marcadas pelos passos dos indivíduos,
cada indivíduo com suas idiossincrasias...
É que cada ser humano traça o seu destino com suas próprias mãos.
O andar sozinho, com todas as suas consequências, também é uma opção.
E você, como prefere caminhar?

O LEGADO DE SEU JOÃO

Seu João era um homem nascido no interior de Minas Gerais. Mais especificamente no Norte daquele Estado. Até os seus 40 anos viveu na roça – combinando o trabalho duro do campo e a arte da carpintaria. Dotado de habilidades especiais, zelava pelo meio ambiente e regava seu plantio com a mesma sensibilidade com que transformava a madeira bruta em objetos úteis. Um artista!

Uma de suas características era ser autêntico. Nas suas verdades não havia o elemento da imposição: seus autênticos argumentos serviam apenas às duradouras prosas com os amigos. Interativo, não desprezava bons "causos" – aqueles que os autênticos mineiros contam para animar uma roda de conversa.

Sereno, fugia das agitações, tampouco trocava o sossego do seu lar pelas incertezas do mundo lá fora.

Cauteloso? Sim! No sentido da prudência, combinava a sensatez com a precaução como forma de domar as inconveniências e superar os obstáculos. Na verdade, as dificuldades, próprias do nosso cotidiano, eram vistas com a naturalidade de um sábio e encaradas com a necessária paciência frente aos assuntos delicados.

O tempo na sua vida não era um estorvo, pelo contrário, soava como um alerta – um chamamento à ação administrada no espaço possível. Eram as circunstâncias que ditavam o ritmo do seu agir ponderado.

Seu principal foco: viver com a intensidade dos sábios. Agia em conformidade com a razão. Para ele, liberdade e moral se projetam no espaço com a mesma intensidade; era a prudência que ditava as regras do comportamento coletivo.

Não fazia das suas convicções um elemento do dissenso. Sabia que a concórdia era resultante da justa composição das diferenças, aquelas inerentes aos seres humanos.

Não tolerava as diferenças resultantes da ambição humana: preferia administrar o pouco e viver com tranquilidade. Via no gesto solidário um estender de mão sem discriminação, ou seja, a construção do futuro.

Assim viveu Joãozinho, como chamavam alguns dos seus amigos mais íntimos, ou João de Eusébio, para os moradores da fazenda Areião no Norte de Minas, ou simplesmente João.

Morreu em 1998 deixando para filhos e netos as lições de um verdadeiro sábio. Sempre foi um erudito a seu modo e complexo na sua deliberada simplicidade.

NOTAS

NOTAS

NOTAS

A Editora Contracorrente se preocupa com todos os detalhes de suas obras!
Aos curiosos, informamos que este livro foi impresso no mês de maio de
2022, em papel Offset 90g, pela Gráfica Grafilar.